Si tu ne parviens pas à déchiffrer les messages codés, pas de panique ! Tu pourras toujours trouver la solution à la fin du livre.

FLEURUS

Direction : Guillaume Pô
Direction éditoriale : Sarah Malherbe
Édition : Raphaële Glaux
Conception graphique, intérieur et couverture : Studio Primo&Primo
Mise en pages et déclinaison de la couverture : Virginie Langlais
Correction : Aurélie Lacombe
Direction de fabrication : Thierry Dubus
Fabrication : Audrey Bord

www.fleuruseditions.com
ISBN : 978-2-2151-8819-3
MDS : FS88193

CHARLOTTE GROSSETÊTE
& CYRIELLE

MÈNE TON ENQUÊTE

Au temps des samouraïs

FLEURUS

CHAPITRE 1

Le mystère du gros glaçon

Un rayon du soleil levant traverse les paupières de Kenzo et de Sakura. Le frère et la sœur se retournent sur leurs futons. Sakura essaie de remonter la couverture sur son menton… et se dresse brusquement sur son séant. Cet édredon bouge ! Mais oui : un ourson a profité de la nuit pour se glisser dans la chambre et se pelotonner entre son frère et elle !

En vraie fille de samouraï, elle domine aussitôt sa frayeur.

– Kenzo, regarde ce bel ourson, chuchote-t-elle.

Son frère ouvre des yeux stupéfaits. L'ourson dévisage aussi les enfants, qui caressent avec timidité son pelage épais.

– Kuma, comment es-tu entré ici ? demande Kenzo.

Ce prénom masculin lui est venu tout naturellement, parce qu'il signifie « ours ».

– Par la fenêtre, juge Sakura.

En effet, même par ces nuits glaciales, le frère et la sœur laissent ouvertes les fenêtres coulissantes. C'est une manière de s'aguerrir. Aînés de leur famille, ils ne veulent plus être traités comme Kimiko et Tadao, les petits ! Quand leur père se décidera-t-il à leur enseigner le bushidô, le code d'honneur du samouraï, et toutes les habitudes de vie qui en découlent ?

Sakura et Kenzo roulent leurs futons en un clin d'œil, puis ils se dirigent vers le butsudan, l'autel des ancêtres, devant lequel on commence la journée. Kuma les suit. Amusés, ils le voient faire le dos rond pendant qu'ils s'inclinent devant l'autel.

Entre deux coupelles d'offrandes, Sakura repère une feuille de papier. Surprise, elle la montre à Kenzo.

Garde bien ce parchemin sur toi.
Tu en auras besoin !

– Tiens donc... dit Kenzo. C'est Otô-san qui a dû écrire !

Sakura hoche la tête. Dans sa jeunesse, leur père a appris le français auprès d'un capitaine européen. Il leur a enseigné cette langue ainsi que la manière de l'écrire, avec les vingt-six lettres de l'alphabet occidental. Ils ne comprennent pas pour autant cette page étrange !

Kenzo la glisse dans la ceinture de son kimono.

– Nous lui demanderons une explication.

Les enfants se dirigent vers la cloison en papier de riz qui donne sur le couloir. Kuma leur emboîte le pas.

– Tu n'as pas l'air pressé de ressortir, s'amuse Sakura.

L'ourson lui adresse un regard plein d'intelligence.

– Tu as dû perdre ta famille, dit Kenzo. Si c'est le cas, reste avec nous.

Au moment de faire glisser le panneau de la porte de leur chambre, Kenzo découvre des lettres européennes sur la cloison de papier. Elles ont été tracées cette nuit, par une personne qui se tenait dans le couloir !

Sakura tire de son kimono un miroir laqué.

– Essayons de lire à l'envers, décide-t-elle.

.NISSAB UA SUOV-ZEDNER

– Penses-tu que ce message s'adresse à nous ? demande Kenzo, intrigué.

– Il n'y a qu'à aller voir.

À l'extérieur, dans le jardin désert, la neige crisse sous leurs semelles. Malgré l'arrivée du printemps, des flocons voltigent encore dans l'air pur.

– C'est beau, souffle Kenzo, qui ne se lasse pas du décor.

Quelques années auparavant, leur famille a déménagé. Originaire du sud du Japon, elle s'est installée sur Hokkaido, l'île du nord, magnifique, froide et peu peuplée.

Kenzo et Sakura ont grandi dans ces montagnes majestueuses et ils se sentent chez eux au cœur de ces étendues sauvages.

Personne ne les attend devant le bassin du jardin, mais des kanjis ont été tracés dans la neige au bord de l'eau. Leur enchaînement n'a aucun sens en japonais... Mais soudain Kenzo s'exclame :

– S'il fallait utiliser le papier trouvé sur le butsudan ?

Il le sort de sa poche et cherche les équivalences, aidé par sa sœur.

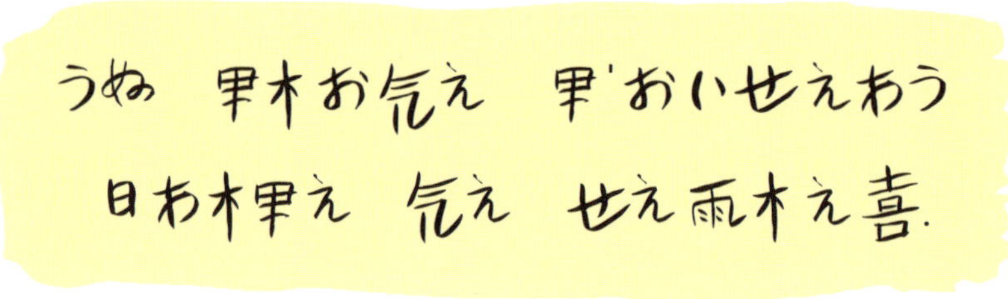

– C'est très astucieux de déguiser en kanjis un message qu'on ne peut comprendre qu'en français, s'amuse Kenzo. Père veut-il nous faire jouer ?

– Dans ce cas, il nous a donné un indice compliqué, répond Sakura, songeuse. Des oiseaux, il y en a beaucoup par ici ! Sans même bouger, j'en vois au moins vingt ou trente !

En effet, Okâ-san a fait suspendre dans les arbres du jardin de nombreuses cabanes en bois contenant des graines pour nourrir les oiseaux. L'hiver a été si rigoureux que beaucoup sont affamés et profitent de cette hospitalité !

– Qu'est-ce qu'Otô-san appelle un « drôle d'oiseau » ? se demande Kenzo.

Il tente d'en repérer un plus comique que les autres.

Aide Kenzo et Sakura à repérer ce « drôle d'oiseau ».

Sakura aperçoit soudain, au centre du bassin, un bloc de glace en forme de caille dodue.

– Le voici, le drôle d'oiseau ! Regarde : quelque chose est piégé à l'intérieur de la glace !

Kenzo sourit.

– Je crois que tu as raison ! Mais comment l'attraper ? Pas le choix, je vais être obligé de prendre un bain, même si...

Il est interrompu par un « plouf » sonore accompagné d'une gerbe d'éclaboussures. Kuma vient de plonger et nage vers le glaçon, qu'il pousse sur la rive.

– Merci, tu es un ami incroyable ! s'exclame Kenzo.

Il scrute l'intérieur du bloc gelé.

– On dirait une boîte à thé prise dans la glace !

– Les boîtes à thé sont étanches. Il y a peut-être un message à l'intérieur ?

Les enfants tentent de briser le bloc, mais il est trop épais.

– Allons le faire fondre dans les onsen, suggère Sakura.

Les onsen sont des sources chaudes où les enfants aiment se baigner, non loin de chez eux. Ils s'y rendent en courant, et Kenzo immerge dans l'eau fumante l'énorme glaçon. Il fond en un clin d'œil, libérant la boîte à thé !

Sakura l'ouvre avec impatience. Un rouleau est glissé dans la boîte... Mais à cet instant, Kuma renifle l'air avec une méfiance visible. Il gronde doucement. Cette attitude met Sakura et Kenzo sur le qui-vive. Ils pensent aussitôt à un tremblement de terre : dans ces régions volcaniques, les animaux ont un sixième sens pour détecter l'imminence d'une secousse...

– Éloignons-nous, dit Sakura en observant les falaises avoisinantes, susceptibles de s'ébouler.

Elle glisse la boîte dans sa ceinture et se met à courir aux côtés de son frère. Soudain, Kuma les dépasse et bifurque sur la gauche.

Les enfants hésitent : s'ils le suivent, ils vont pénétrer dans un bois de bambous qu'ils ne connaissent pas.

– Il vaudrait peut-être mieux rentrer à la maison, suggère Sakura, inquiète.

Mais Kuma se retourne comme pour signifier qu'il les attend. Kenzo décrète :

– En cas de tremblement de terre, nous ne risquons rien sous ces bambous. Voyons où il veut nous emmener.

CHAPITRE 2

Ne rentrez pas !

Guidés par Kuma, Kenzo et Sakura cheminent longtemps à travers le bois de bambous et débouchent enfin dans une clairière qui domine un paysage montagneux. L'ourson s'élance vers une cabane de bois entourée d'un enclos ; un homme en sort aussitôt, vêtu d'un habit de moine.

– Bonjour, Oji-san, dit Kenzo en s'inclinant.

Le titre d'« oncle » lui est venu parce que cet homme paraît bon et qu'il ne sait pas bien comment l'appeler autrement.

Le moine sourit.

– Tu t'es trouvé des amis, demande-t-il en regardant Kuma qui a plongé le museau dans une écuelle.

– Vous le connaissez ?

– Il vient se nourrir ici depuis qu'il a perdu sa mère. Mais je suis ermite, alors il vaut mieux pour lui qu'il ait une compagnie moins austère.

Ermite ! Voilà pourquoi, même si cet homme n'habite pas loin de chez eux, les enfants ne l'ont jamais aperçu !

– Kuma avait l'air inquiet... commente Sakura.

– Sans doute a-t-il flairé ce que vous voyez là-bas, déclare le moine en désignant de la fumée qui s'élève d'un village de pêcheurs au loin. Espérons qu'il n'y a rien de grave ! Je n'ai plus l'âge de m'y rendre pour porter secours. Le chemin est difficile : on ne peut pas passer par les crêtes des montagnes ; il faut suivre les vallées. Cependant, beaucoup sont des impasses...

– Je vois un itinéraire possible ! dit Kenzo.

– Moi aussi, ajoute sa sœur. Il faut aller voir ! Des samouraïs doivent secourir ceux qui en ont besoin !

Et toi ? Vois-tu le chemin qu'il faut emprunter ?

– Rentrons à la maison, dit Kenzo. Nous allons demander à Otô-san de nous faire accompagner par d'autres sauveteurs.

Le moine l'interrompt.

– Lisez donc cette inscription, je vous prie...

Il leur désigne des kanjis tracés à l'encre sur l'enclos.

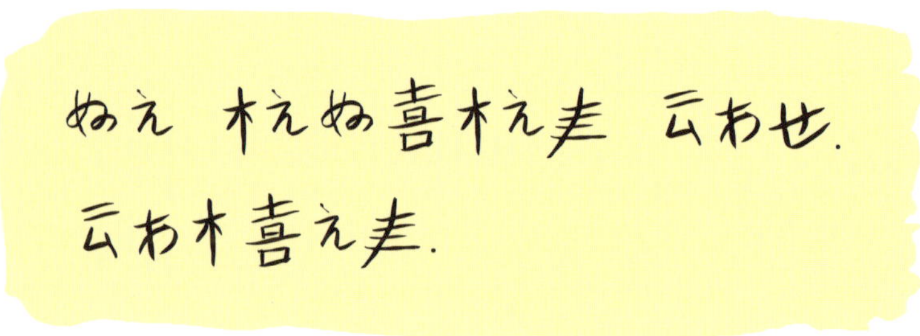

Le frère et la sœur se regardent abasourdis. Que se passe-t-il ? Inquiète, Sakura s'adresse au moine :

– Vous connaissez Otô-san ?

– Mal, répond le moine avec un fin sourire. Cependant, il est de mon devoir de vous rassurer : votre famille n'est pas en péril. Vous pouvez vous rendre au village sans crainte.

– Mais...

– Je ne peux vous en dire plus.

Kenzo et Sakura remercient le moine et s'en vont. Kuma les suit. Sa compagnie les réconforte au moment de se lancer dans cette curieuse aventure.

Ils marchent longtemps. À l'occasion d'une halte, Sakura tire le rouleau de papier de la boîte qu'elle porte à la ceinture. Il s'agit d'une carte !

– À quoi correspondent ces lettres, ces chiffres ? Serviraient-ils à se situer sur cette carte ? murmure Kenzo.

– Je me situe sans les chiffres, dit fièrement Sakura. Nous sommes ici, sur Hokkaido.

– Oui, mais est-ce qu'il n'y aurait pas un tracé à faire ?

Se saisissant d'une brindille humide, Kenzo marque successivement sur la carte quadrillée tous les points énumérés.

Toi aussi, utilise les coordonnées indiquées en bas de la carte et découvre un itinéraire.

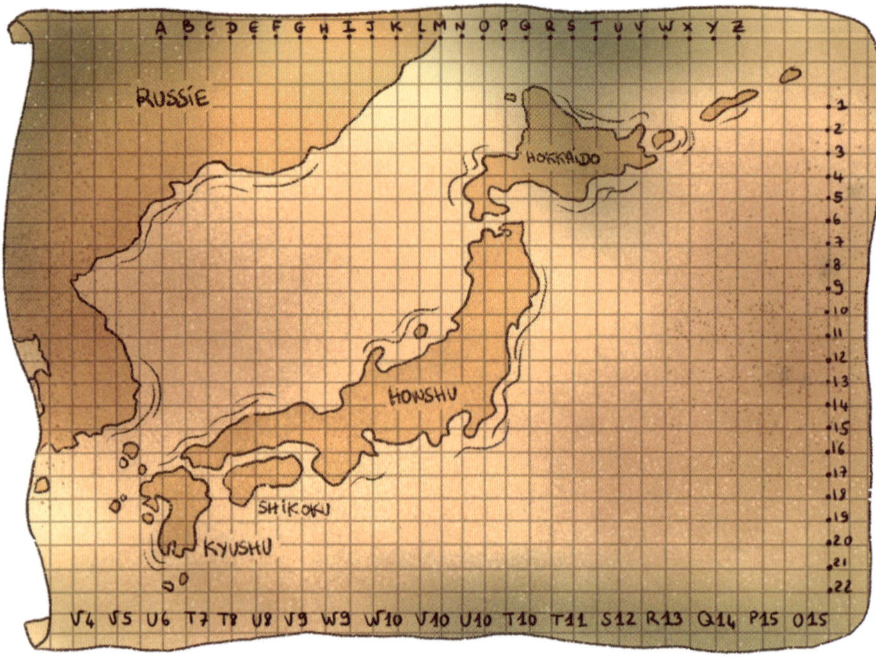

– C’est bien un itinéraire ! s’exclame-t-il.

– Mais qu’indique-t-il ? Et pourquoi ce détour au milieu ? À qui doit servir cette carte ? demande Sakura en se relevant.

– Nous y réfléchirons. Pour l’instant, il faut continuer vers le village... Regarde, le panache de fumée est de plus en plus visible !

La journée est bien avancée lorsque les marcheurs arrivent à destination. Un brasier illumine la plage.

C'est lui qui dégageait cette fumée : il ne s'agit pas d'un incendie !

Un vieux pêcheur se tient à côté du feu. Il fait signe aux enfants d'approcher, comme s'il les attendait ! Sans un mot, il leur remet un bandeau de tissu où Sakura et Kenzo déchiffrent ce message aux allures de proverbe...

LA PLUS PETITE JONQUE EST CAPABLE DU PLUS GRAND VOYAGE.

Les enfants brûlent d'envie d'interroger le vieil homme, mais celui-ci se borne à leur désigner le port où oscillent des bateaux, à l'autre extrémité de la plage. Par fierté, parce que des samouraïs ne quémandent pas les explications qu'on leur refuse, Sakura et Kenzo s'inclinent et s'en vont.

Tandis qu'ils s'éloignent, la voix rauque du vieux pêcheur les fait se retourner. Il leur lance une simple phrase :

– Le détour, c'est parce qu'il y a souvent des pirates par là-bas.

Le frère et la sœur échangent un regard.

– Merci, disent-ils.

CHAPITRE 3

L'attaque du pirate

Depuis le quai, Kenzo et Sakura observent les jonques qui se balancent sur la mer.

– Il faut choisir la plus petite, dit Sakura.

– Comment la repérer, alors qu'elles sont ancrées à des distances différentes ?

En effet, la taille des bateaux est difficile à évaluer à cause de l'effet de perspective. Soudain, des cris éclatent sur le quai. Un vieil homme subit l'attaque de cinq buses qui fondent sur ses paniers. Les rapaces tournoient, remontent, se laissent tomber comme des pierres, ouvrent leurs serres et attrapent des poissons...

– Aidez-moi, gémit le pêcheur, ou je n'aurai plus de quoi vivre !

Kenzo et Sakura accourent, mais les buses s'en prennent à eux. Voyant cela, Kuma se jette dans la mêlée. Des plumes volent. L'ours virevolte, ses pattes et ses mâchoires semblent être partout à la fois ; très vite, les buses abandonnent le combat !

Le vieux pêcheur se confond en remerciements.

– Venez donc chez moi manger un dango à la pâte de haricots rouges !

Kenzo est tenté, car il a faim et le dango est son dessert préféré, mais Sakura devance sa réponse en expliquant qu'ils doivent embarquer à bord de la plus petite jonque... sans savoir laquelle c'est !

– Je peux vous aider à la trouver, répond l'homme. Sa coque est décorée d'un œil peint, elle n'a qu'un mât, et sa voile s'orne d'un iris de même couleur que la mer.

**Aide nos amis
à trouver la jonque
et embarque avec eux !**

– Comment la rejoindre ? se demande Sakura.

– À la nage, répond Kenzo, déjà prêt à sauter à l'eau.

– Non, laissez-moi vous emmener en barque, proteste le vieux. Je vous dois bien cela.

Les enfants acceptent avec gratitude et embarquent avec le pêcheur.

Quelques instants plus tard, ils ont levé l'ancre de leur petite jonque et cinglent plein sud selon le tracé indiqué sur la carte. Sakura tient la barre pour diriger le bateau. Kenzo fouille la jonque et s'exclame, soulagé :

– Un réservoir d'eau douce !

Kuma colle soudain le museau à une trappe dans le plancher.

– Qu'est-ce que tu flaires là-dessous ? demande Kenzo en soulevant la trappe.

Il en retire une caisse qui sent le poisson.

– Ah ! merci, Kuma, nous avons si faim !

Pourtant, lorsqu'il ouvre la caisse, il est déçu de la trouver vide. Ou plutôt, elle ne contient qu'une canne à pêche, à l'extrémité de laquelle est accroché un papier.

– Otô-san est passé par là… dit-il stupéfait.

En effet, il s'agit d'un message en français, écrit à l'envers !

UN POISSON VOUS NOURRIRAIT UN JOUR. UNE CANNE À PÊCHE VOUS NOURRIRA TOUJOURS.

– Je reconnais là notre père, fait remarquer Sakura. Il veut toujours nous apprendre à nous débrouiller.

– Eh bien, à la pêche alors ! J'ai faim !

Les enfants ne tardent pas à attraper des poissons. Le temps de les faire griller sur le petit barbecue du bateau et les enfants peuvent enfin manger.

Mais à peine Sakura a-t-elle fini sa part qu'elle remarque des kanjis peints sur l'assiette dénichée dans la jonque !

– Kenzo, regarde… Et si cette calligraphie était un message ?

雷お申わ日え走 気え 云気うせ
雷い喜え 云おせせいま気え.

– Si Otô-san veut que nous soyons rapides, dit Kenzo, il faut prendre la route la plus droite, sans faire le détour indiqué sur la carte.

– Qui te dit que ce message est écrit par Otô-san ? s'alarme Sakura. Il s'agit peut-être d'un piège. Notre père ne nous enverrait pas dans une région infestée de pirates !

– Nous n'avons rien de précieux à bord, réplique Kenzo. Et je ne leur conseille pas de s'attaquer à Kuma… Tu as vu comme il s'est jeté sur les buses ? De plus, ce n'est pas parce qu'on signale des pirates dans une zone, qu'ils s'y trouvent forcément quand on passe.

Après avoir longtemps discuté, les enfants décident de prendre le détour. Les vents sont favorables ;

ils naviguent sans encombre jusqu'au matin en se relayant pour gouverner la jonque, l'un d'eux veillant tandis que l'autre dort. Mais dans la lumière du jour naissant, ils voient s'approcher une jonque de la même taille que la leur, occupée par un jeune homme qui lance un grappin sur leur bateau !

L'homme est armé et passe à l'abordage.

Kenzo et Sakura ont appris l'art de se défendre. Ils bondissent pour esquiver les coups et retombent sur leurs pieds, prêts à parer un deuxième assaut. Mais Kuma se jette comme un projectile entre les jambes de l'inconnu. Sa tactique est peut-être moins élégante, mais elle est très efficace !

Pris au dépourvu, le jeune homme perd l'équilibre et tombe dans les vagues, où le poids de ses amples vêtements l'empêche de flotter. Il va couler, Kenzo s'en rend compte, et il ne peut se résoudre à voir mourir un homme sous ses yeux. Même un ennemi !

À ses pieds traîne un paquet de cordages tout emmêlés. Il le jette à l'eau, et les cordes s'éparpillent dans des tourbillons d'écume. Le jeune pirate en saisit une. Mais sur laquelle faut-il tirer pour le ramener à bord ?

Trouve vite
la bonne corde
pour sauver le pirate !

Une fois hissé à bord, le jeune pirate est si frigorifié qu'il se laisse ligoter par Kenzo sans opposer de résistance. Kuma le surveille, le museau à quelques centimètres de son visage. Il semble prêt à se servir de ses crocs au premier geste suspect !

– C'est honteux d'attaquer des navigateurs désarmés, maugrée Kenzo. Et vous avez de la chance d'être tombé sur des enfants de samouraïs qui, eux, ont une certaine notion de l'honneur. Sinon, vous seriez mort !

Sakura croit voir le captif esquisser un sourire. Cela l'intrigue.

– Qui êtes-vous ? demande-t-elle.

Elle n'obtient pas de réponse, car le jeune homme a fermé les yeux, épuisé.

CHAPITRE 4

Des cadeaux inattendus

Une embardée de la jonque réveille Kenzo en sursaut. Oh, catastrophe ! Il s'est endormi alors que c'était son tour de tenir le cap ! Il reprend le bateau en main et constate qu'il vient de heurter un rocher. Sakura, tirée du sommeil elle aussi, se frotte les paupières et s'écrie :

– La côte est là !

En effet, des falaises boisées se dressent non loin devant eux, autour d'une crique de galets. Mais Kenzo n'a d'yeux que pour l'emplacement où se trouvait le prisonnier juste avant sa malencontreuse sieste. Des cordes sciées net, et une flaque d'eau : voilà tout ce qui reste de la présence du prisonnier trempé ! Kuma dort ; rien ne l'a réveillé : ni la fuite du jeune homme ni le choc contre l'écueil.

– Il a profité de la proximité de la plage, juge Sakura. Ce n'est pas très grave, après tout... C'est même mieux ainsi... Que voulais-tu qu'on fasse de lui ?

Kuma s'est réveillé. Il s'approche du bord de la jonque et pose sa truffe sur le plancher. Kenzo s'approche.

– Oh ! il y a un message tracé à l'eau de mer sur le bois ! En lettres européennes inversées ! Sakura, prête-moi ton miroir.

UN SAMOURAÏ CAPABLE D'ÉPARGNER UNE VIE MÉRITE DE PORTER UNE ARME.

– Que veut dire cette inscription, et pourquoi est-elle écrite en français ? Qui était ce garçon ?

– J'ai cru le voir sourire tout à l'heure, dit Sakura, pensive. Il n'est peut-être pas plus pirate que nous. Est-il possible qu'il connaisse Otô-san ?

Kuma furète sous l'auvent de la jonque, où ses grognements attirent Kenzo. Dans la pénombre se trouvent deux sabres magnifiques ! Leurs poignées sont ciselées, leurs lames rutilantes. Ce sont de véritables armes de samouraïs.

Kenzo ouvre de grands yeux.

– Pourquoi... que... comment... bredouille-t-il sans parvenir à en dire davantage.

Sakura secoue la tête.

– Ces épées ont forcément un lien avec le message. Elles nous sont peut-être offertes pour récompenser notre attitude ? Nous devons retrouver cet inconnu. Il nous doit des explications !

– De toute manière, dit Kenzo en examinant la carte, nous sommes arrivés. La forme de cette anse correspond à la destination indiquée.

– Très bien. Raison de plus pour débarquer. Mais attention : je vois beaucoup de rochers entre la plage et nous.

– Longeons-les en évitant les écueils les plus pointus...

– Et passons aussi au large des tourbillons d'écume ; on ne sait pas ce qu'ils cachent. Je n'ai pas envie de chavirer !

Toi aussi, rejoins la plage en évitant les dangers !

Après avoir manœuvré avec précaution entre les rochers et les tourbillons d'écume, Kenzo et Sakura parviennent près de la plage. Au dernier moment, cependant, leur coque heurte un rocher. Le choc est rude, il secoue les voyageurs ! Le bois craque et se brise. Kuma plonge pour échapper au naufrage.

– Il a pied ! s'exclame Sakura, soulagée, en voyant l'ourson marcher au lieu de nager.

La jonque s'est échouée sur un banc de galets, et les enfants gagnent la terre ferme, munis de leurs sabres. Dégoulinants mais sains et saufs, ils prennent la direction d'une forêt qui borde la plage. Soudain, Sakura repère des touffes d'herbe piétinées.

– Il est passé par ici ! Kuma, peux-tu nous aider à suivre sa piste ?

L'ourson se place devant eux, museau au vent. Tous trois pénètrent dans la forêt et découvrent une clairière au bout de quelques minutes de marche. Diverses empreintes parsèment la terre.

– Là, souffle Kenzo en repérant des marques de semelles. C'est la seule piste humaine, donc c'est la sienne. Suivons-la et espérons que nous ne perdrons pas de vue ces traces !

Mais bien vite, les enfants se trouvent devant un mystère...

**Les traces du pirate sont bien visibles,
mais que deviennent-elles ensuite ?**

– Il est monté à cheval ! s'exclame Sakura.

– Tu as raison, confirme son frère.

Les empreintes des sabots les mènent jusqu'à une zone marécageuse. Sakura redoute de s'enfoncer dans la boue.

– Rassure-toi, lui dit son frère. Si le sol a supporté le poids d'un cavalier sur sa monture, il ne va pas céder sous nos pas. Il suffit de marcher dans les empreintes !

Enfin, après avoir traversé le marais, ils rejoignent une piste plus ferme. Et là, quelle n'est pas leur surprise de découvrir un superbe cheval attaché à un tronc d'arbre !

– Je n'en ai jamais vu d'aussi magnifique, s'exclame Kenzo, les yeux brillants d'admiration.

– Moi non plus, ajoute Sakura.

– C'est normal, puisque nous avons toujours vécu ensemble, pouffe son frère.

Sakura est vexée. Aussi, voyant son frère flatter le flanc droit de l'animal, elle contourne le cheval. Et c'est là qu'elle découvre, écrit dans la boue, un message calligraphié.

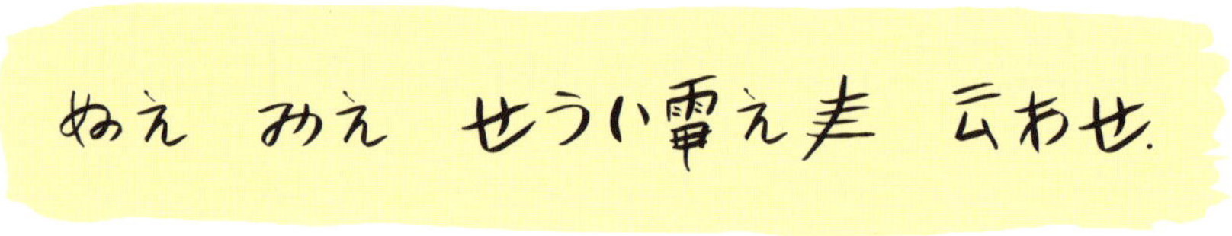

Oubliant son agacement, elle le montre à Kenzo.

– Il vient de l’écrire, commente Sakura. La boue est encore fraîche.

– Ce jeune pirate est donc un ami d’Otô-san. Il connaît le code et il parle le français.

– Tu conclus un peu vite. Sommes-nous sûrs, après tout, que c’est Otô-san qui nous a lancés dans ce voyage mystérieux ?

Après un silence perplexe, Kenzo murmure :

– Nous avons peut-être manqué de prudence de partir comme ça, sans rien demander à notre père.

– Il est hors de question de nous décourager maintenant ! s’exclame Sakura. Il faut retrouver ce pirate, et nous allons monter sur ce cheval pour voyager plus vite.

Le frère et la sœur lancent leur cheval au trot, suivis par l’ourson.

CHAPITRE 5

Un rougeoiement dans la nuit

Le soleil est haut dans le ciel lorsque les cavaliers s'arrêtent, indécis. La route prend fin au milieu de rizières en étages qui miroitent au soleil.

– C'est beau, s'exclame Sakura devant ce paysage printanier, si doux par rapport aux rudes étendues d'Hokkaido.

– Magnifique, répond son frère.

Mais soudain, il lève la tête vers le sommet d'une colline où il a cru déceler un éclair fugace. Il serre le poignet de sa sœur.

– Tu as vu cette lumière ? demande-t-il.

– Non, laquelle ?

– On aurait dit un éclat métallique. Peut-être l'armure de notre prétendu pirate ?

– Kuma ne nous attend pas... Il a l'air d'avoir une idée fixe !

En effet, l'ourson a déjà attaqué l'ascension de la colline. Mais il s'arrête devant un serpent qui se dresse sur son passage, et effectue un demi-tour prudent.

– Attention, dit Kenzo en fronçant les sourcils. Ce serpent est peut-être venimeux.

– Et je vois deux sangliers un peu plus loin, ajoute Sakura.

– Hum... Mieux vaut également éviter les talus à demi effondrés. Ils déstabiliseraient notre cheval.

Sakura frissonne.

– Je voudrais aussi passer loin des corbeaux.

– Arrête ! Ces pauvres oiseaux sont inoffensifs.

– Tu sais bien que je les déteste.

– Bon, soupire Kenzo. Il va falloir choisir l'itinéraire avec soin !

Aide Sakura et Kenzo à trouver leur chemin dans les rizières.

Il faut du temps aux cavaliers pour franchir les rizières. Lorsqu'ils atteignent enfin le sommet de la colline, la journée est avancée et les ombres des arbres se sont allongées. Kenzo et Sakura sillonnent le promontoire où ils sont parvenus. Ils scrutent aussi le paysage, car la vue est panoramique. De lointaines fumées montent d'un village de paysans au milieu de la plaine. Faudra-t-il se rendre jusque là-bas ?

– Nous avons mis vraiment trop de temps à monter, juge Kenzo d'une voix lasse. Notre gaillard a eu le temps de décamper ! Kuma, qu'est-ce que tu fais ? Tu joues au singe ?

L'ourson est en train de grimper avec agilité le long d'un arbre touffu. Sakura chuchote :

– On dirait qu'il est en chasse...

Un craquement retentit dans les plus hautes branches de l'arbre. Une flèche siffle dans l'air et se fiche brutalement dans l'herbe, devant les pattes du cheval ! Celui-ci tourne sur lui-même en hennissant, affolé.

Cette pirouette empêche Kenzo et Sakura de voir ce qui se passe là-haut, mais quelqu'un semble bondir d'un arbre à l'autre en passant par la canopée. Lorsqu'ils parviennent à calmer leur cheval, les bruits de feuillage ont cessé. Ils sautent à terre et Kenzo se précipite sur la flèche.

– Quelque chose est écrit dessus, s'exclame-t-il.

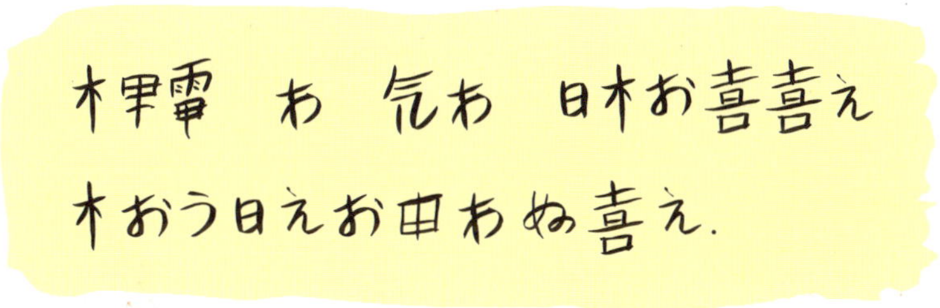

– Allons bon, il n'y a pas de grotte sur cette colline ! murmure Sakura.

– Explorons plus bas. Le relief nous cache peut-être quelque chose, suggère Kenzo.

Malgré une inspection minutieuse des environs, ils ne découvrent pas la moindre caverne. Quant à l'archer qui leur a décoché la flèche, il s'est volatilisé en profitant de la densité de la végétation.

Kuma a semblé suivre sa piste un instant, avant de revenir bredouille.

Sakura réfléchit à voix haute :

– Le mot « rougeoyant » évoque du feu.

– Oui, et alors ?

– Le soleil ne va pas tarder à descendre. Plutôt que de partir dans n'importe quelle direction, attendons ! Ce soir, grâce à la pénombre, nous verrons peut-être s'allumer un feu pour nous guider.

– Tu as raison, admet Kenzo. Otô-san dit qu'un samouraï doit parfois savoir patienter pour gagner du temps.

– Profitons-en pour dormir tour à tour, propose Sakura.

– Je réclame l'honneur de veiller le premier, décide Kenzo. J'ai encore honte de m'être endormi au mauvais moment à bord de la jonque. J'ai besoin de me rattraper.

– Comme tu le souhaites. Mais je ne t'en veux pas : nous sommes fatigués, ce n'est pas de ta faute.

Les enfants veillent à tour de rôle.

– Kenzo ! Réveille-toi ! Regarde, nous avons bien fait d'attendre !

Le chuchotement de Sakura tire le garçon d'un sommeil profond. Depuis combien de temps dort-il ? Il l'ignore, mais ça y est : le crépuscule est là.

Et, à bonne distance de leur colline, une lueur rouge est apparue au milieu du paysage noyé dans l'ombre.

– Tu as assez dormi, Kuma ? demande Kenzo à l'ours.

Pour toute réponse, Kuma bondit sur ses pattes et se met à gambader autour des enfants qui grimpent en selle.

Une longue marche commence, accompagnée par le coassement des grenouilles. Dans les ténèbres, le rougeoiement se rapproche. Les enfants sont impatients d'arriver en ce lieu mystérieux, mais un peu inquiets aussi...

Soudain, alors qu'ils estimaient être presque au bout de leurs peines, la lueur écarlate s'éteint.

– Oh ! non, si près du but ! s'exclame Kenzo, furieux. Ce n'est pas possible !

Ils arrêtent le cheval.

– Kuma ! Où es-tu ? appelle Sakura.

Un grognement amical lui répond, et la tête de l'ours apparaît derrière un rocher. Ou plutôt, ses yeux seuls sont visibles, comme s'ils étaient phosphorescents !

Les cavaliers intrigués descendent de selle et rejoignent leur ami. Ils le découvrent parmi des dizaines de lucioles qui scintillent comme des étoiles au bord d'un ruisseau : les prunelles de l'ours reflètent un peu de cette lueur. Sakura laisse échapper une exclamation admirative, tandis que son frère fait remarquer à mi-voix :

– Ça m'étonnerait que ces lucioles se soient installées ainsi toutes seules !

Il a raison. Une main mystérieuse a disposé les petites créatures de manière à former un message lumineux :

SEULE LA PAIRE OFFRE
UN LAISSEZ-PASSER.

– Incroyable ! s'exclame Sakura, fascinée. Merci Kuma, tu nous as encore rendu service ! Sans toi, nous aurions frôlé ce message sans le voir !

– Cela dit, nous ne sommes guère plus avancés. Et maintenant, que faire puisque nous avons perdu la lumière rouge qui nous guidait ? demande Kenzo.

– Il est possible qu'elle ne soit pas éteinte, mais seulement cachée... Essayons de continuer droit devant nous, qu'en dis-tu ?

C'est une sage décision, et après quelques minutes, les enfants dépassent enfin un monticule pierreux qui leur avait dissimulé le rougeoiement. Celui-ci est encore plus proche qu'ils l'espéraient ! Les voici bientôt devant une grotte. C'est du fond de la cavité que provient cette étrange clarté.

– Faut-il entrer à cheval à ton avis ? chuchote Kenzo.

– Non, au cas où l'intérieur serait étroit et bas de plafond. Mieux vaut le laisser là.

– Et si quelqu'un de malveillant... le volait ?

– Laissons Kuma avec lui, il le défendra et nous avertira.

– Tu as raison. Kuma, reste ici, s'il te plaît ! Tu comprends ?

L'ours se pelotonne contre le cheval. Malheur au brigand qui marcherait sur son pelage sans le voir dans la nuit !

Les enfants pénètrent dans la caverne. La lumière vient de six lanternes rouges allumées contre les parois rocheuses. La grotte n'est guère profonde, ou plutôt, le fond en est barré par un panneau de bois, auquel sont suspendus de nombreux masques de théâtre ! Kenzo et Sakura essaient de le faire coulisser, de le secouer, mais rien ne bouge. Sakura recule d'un pas pour observer l'ensemble.

– Kenzo ! Parmi tous ces masques, il y a peut-être une paire !

– Et alors ? demande son frère.

– Rappelle-toi le message des lucioles ! Pour obtenir un « laissez-passer », il faut chercher deux masques identiques !

Et toi ? As-tu trouvé la paire ?

– Là ! s'exclame Sakura. J'ai trouvé la paire !

– Chut, ne parle pas si fort. On ne sait pas ce qu'il y a derrière ce panneau…

Sakura met la main sur sa bouche, confuse.

Kenzo tend la main vers un masque et sa sœur vers l'autre. Ils essaient de les détacher, mais les visages peints sont solidement fixés à la cloison de bois. Kenzo glisse un doigt dans les trous des yeux. À gauche, un léger déclic répond à la pression de son index, et le panneau se replie, laissant apparaître le fond de la grotte ! Elle n'est pas vaste, mais deux silhouettes intimidantes s'y dressent. Ce sont des samouraïs bottés et armés, revêtus de leur armure ! Leur tête est noyée dans l'ombre.

Ou plutôt…

« Ils n'ont pas de tête », songent en même temps Kenzo et Sakura, effarés.

Les épaules des samouraïs touche la paroi de la grotte, dont le plafond est bas. Il n'y a pas de place là-haut pour des visages !

CHAPITRE 6

Quatre cavaliers

Kenzo et Sakura portent la main à leur épée, prêts à se défendre. À ce moment-là, un grognement éclate derrière eux. Mais ce n'est que Kuma : il vient voir ce qu'ils deviennent !

La vision des silhouettes menaçantes réveille aussitôt son esprit combatif. Il se rue sur celle de droite, mâchoires ouvertes, et plante ses crocs dans la jambière. L'homme reste d'une immobilité absolue, tandis que l'ourson lâche prise en jappant !

Kenzo a compris. Il s'exclame :

– Ce ne sont pas des guerriers, Sakura, mais des armures vides !

Sa sœur, soulagée, se baisse pour caresser l'ourson.

– Pauvre Kuma... Il s'est fait mal aux dents.

– Regarde, elles mesurent la même taille que nous ! s'écrie encore Kenzo.

Quelle stupeur pour sa sœur de constater qu'il a raison ! Les deux tenues seraient trop petites pour des adultes.

– Essayons-les, dit Kenzo les yeux brillants.

– Nous ne sommes pas des voleurs, objecte Sakura.

– Et si c'étaient des cadeaux qui nous sont destinés… comme les sabres ?

– Les circonstances sont différentes, Kenzo !

Les remarques de Sakura n'empêchent pas son frère de se saisir de l'armure qu'il a en face de lui. Cependant, elle résiste. Il a beau la secouer, ce geste a pour seule conséquence de décrocher une plaque métallique qui ornait le plastron. Sakura la ramasse.

– Cette plaque porte une inscription !

せおいせ　云気うせ　みわ気いぬ
月ゔうぬえ　わ木みう木え
せわぬせ　喜え喜え.

– Comment cela ? demande Kenzo en fronçant les sourcils.

– C'est peut-être une manière de dire que pour vaincre ces armures, il faut avoir de l'intelligence, commente Sakura.

– En tout cas, j'ai raison, dit Kenzo avec une certaine satisfaction. Ces armures nous sont bien destinées !

Les enfants inspectent les armures. Ils se rendent compte qu'elles sont fixées à la roche par la même chaîne, fermée par un cadenas. Comment l'ouvrir ? Il n'a pas de serrure apparente… Il n'est orné que d'une pièce métallique étrange.

– C'est un assemblage de triangles, commente Sakura perplexe.

– Il n'y a pas que des triangles… Tu sais ce que ces formes me rappellent ? Les différentes parties d'une grue en papier, à l'image de celle que notre mère nous fabriquait quand nous étions petits.

Kuma promène son museau endolori sous les pieds des armures. Il couine pour attirer l'attention de ses amis sur un tas de formes géométriques en bois peint.

– Il faut peut-être les positionner sur le fermoir pour déclencher l'ouverture, s'exclame Sakura.

Toi aussi,
assemble les formes !

Victoire ! Le motif est reconstitué. Kenzo ne s'est pas trompé : il s'agit d'une grue ! Le dernier morceau inséré, le cadenas s'ouvre d'un coup, libérant les armures.

Les enfants s'équipent. Le processus est complexe, mais ils s'aident et finissent par y arriver. Quelle fierté de se voir revêtus de ces armures superbes !

– Il ne manque que les casques, commente Kenzo.

– Heureusement qu'on n'en a pas. Je crois que Kuma détalerait, répond Sakura en montrant l'ourson effrayé.

– Sortons d'ici, décide Kenzo. Il y a trop longtemps que notre cheval est seul dehors.

– Pourvu qu'il ne lui soit rien arrivé, acquiesce Sakura.

Le beau cheval est resté attaché à l'arbre. La nuit se dissipe, et dans la lumière blafarde de l'aube, Kenzo repère soudain, à une certaine distance dans le pré, des reflets métalliques à même le sol. Sa sœur et lui s'en approchent et ont la surprise de découvrir des lances, des étendards et des boucliers !

Ce sont des armes d'apparat d'une élégance rare. Kenzo laisse échapper un cri admiratif.

– Le forgeron de notre village est moins habile, constate Sakura en se rappelant les pièces grossières nées sous l'enclume du brave homme.

Au même instant, Kuma et le cheval se figent et les enfants devinent une menace. Dans la plaine, quatre cavaliers avancent dans leur direction.

– Celui qui galope en tête porte une bannière, observe Kenzo. Ce sont des guerriers. Allons choisir un bouclier et une lance !

– Nous avons déjà nos sabres, et ces armures pour nous protéger.

– Si ces hommes sont menaçants, il faut l'être aussi.

– Au contraire, Kenzo ! Pourquoi nous attaqueraient-ils ? Nous risquons de nous en faire des ennemis si nous prenons sans raison une posture agressive.

Indécis, le frère et la sœur se chamaillent, et cela laisse aux cavaliers le temps d'approcher.

– La bannière est lisible, à présent, râle Kenzo, furieux. Que de minutes perdues ! Mais... elle est écrite en français !

LA VIE D'UN GUERRIER
TIENT PARFOIS À SON SILENCE.
ÉVITONS LE BRUIT.

– C'est un haïku, murmure Sakura, reconnaissant le rythme de ces brefs poèmes : cinq syllabes, sept syllabes, cinq syllabes.

– En tout cas, il parle bien de guerre, chuchote Kenzo qui lit dans cette phrase une confirmation de ses craintes. Équipons-nous.

Il entraîne sa sœur vers le tas d'armes éparpillées.

– Je te laisse choisir le bouclier et la lance, dit Kenzo.

– Je prendrais bien aussi un étendard. Ils sont beaux, et leurs motifs de fleurs sont des emblèmes rassurants ; ils n'appellent pas à la bataille.

– Le métier d'un samouraï, c'est la bataille, voyons !

– Pas aujourd'hui, Kenzo. Nous ne sommes que des enfants. Et il n'y a pas que la guerre dans la vie. La paix est bien plus belle.

Kenzo hausse les épaules, agacé.

– Bon, bref, que choisis-tu ?

Sakura esquisse soudain un fin sourire.

– Si le silence peut sauver des vies, je crois savoir comment décider. Il ne faut pas prendre les armes qui sont en dessous des autres, car il y aurait de gros tintements de métal qui attireraient les cavaliers ! Le frère et la sœur se concentrent et prennent le temps d'observer ce mikado géant sans faire le moindre geste. Puis, lentement, chacun tente avec calme de saisir une des armes sur le sol.

Toi aussi,
fais le moins de bruit possible !

Sakura et Kenzo s'équipent d'une lance et d'un bouclier, prennent aussi chacun un bel étendard, et remontent à cheval. Cette fois, Kuma monte sur la selle avec eux, pour être protégé.

– Les cavaliers sont en train de monter, chuchote Kenzo qui tend l'oreille. Nous avons l'avantage, puisque nous les dominons.

Il fait partir le cheval au pas, sans bruit, et se dirige vers un bouquet d'érables. Hélas ! Les quatre hommes sont plus rapides que prévu : les voici qui surgissent. Les enfants n'ont pas l'avantage de la surprise.

CHAPITRE 7

Trois épreuves

Vexé d'avoir raté l'occasion de bondir à l'improviste sur les cavaliers, Kenzo pointe sa lance en avant, comme pour dire : « Méfiez-vous ! Qui s'y frotte s'y pique. » Les cavaliers tirent sur leurs rênes. Ils sont jeunes, entre dix-huit et vingt ans peut-être. Ils observent Kuma et les enfants sans qu'aucun muscle ne tressaille sur leur visage.

– Qui êtes-vous ? demande enfin le plus richement vêtu, qui doit être le chef.

Kenzo et Sakura se présentent comme il convient, en citant le nom de leur père, l'emblème de leur famille, l'origine de leur clan. Ils précisent que leur père est vassal du seigneur Matsukaro, qui l'a naguère, envoyé explorer l'île d'Hokkaido.

– Où vit ce seigneur ? demande leur interlocuteur, un sourcil froncé.

– Au sud, nous semble-t-il, mais nous ne savons pas précisément...

– Et cet ours ?

– Nous l'avons recueilli. C'est notre ami. Il s'appelle Kuma, et ses crocs sont solides, comme son courage.

Les cavaliers esquissent un sourire amusé mais reprennent aussitôt leur mine sévère.

– Vous êtes ici sur les terres d'un haut et puissant seigneur. Votre arrivée n'est pas passée inaperçue. Notre maître nous a demandé de vous faire passer trois épreuves. Si vous les réussissez, nous aurons ordre de vous laisser partir. Dans le cas contraire...

Il jette un coup d'œil à ses compagnons. L'un d'eux dit gravement :

– Ne les effraie pas, Hitoshi. Pas encore. Après tout, ce ne sont que des enfants.

– Tu as raison, Masato. Et il se peut qu'ils y parviennent... même s'ils ont échoué à l'épreuve du silence...

– Vous nous avez entendus ? s'étonne Kenzo, incrédule.

– Dans le cas contraire, comment serions-nous arrivés droit sur vous ? Heureusement pour vous, cette première épreuve ne comptait pas.

Désappointés, les enfants laissent les jeunes cavaliers les emmener vers un lieu inconnu. Ils sont toujours à cheval, Kuma trotte derrière eux.

Chemin faisant, le dénommé Hitoshi s'arrête devant une roche.

– Que veut dire cette inscription ? demande-t-il, étonné.

Des kanjis sont en effet tracés sur la pierre. Kenzo et Sakura déchiffrent immédiatement, car ils connaissent maintenant les équivalences par cœur !

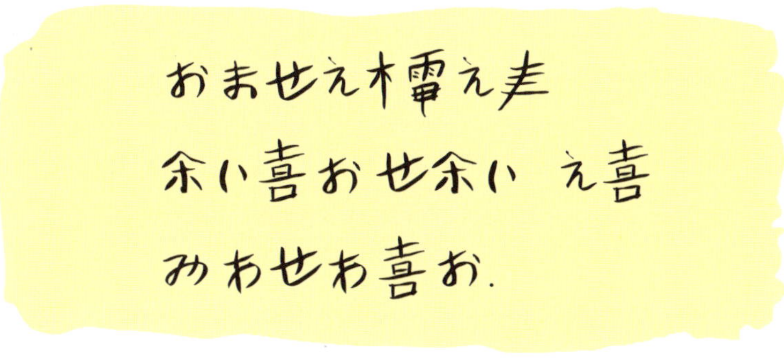

Les cavaliers discutent pour tenter d'interpréter ces signes. Ils n'y parviennent pas et haussent les épaules. Ils ignorent donc l'alphabet secret ! Kenzo et Sakura n'osent pas se regarder, mais leur conclusion est la même : ce ne sont pas des alliés de leur père.

La marche à cheval reprend. Les enfants observent les deux jeunes cavaliers devant eux. Ils finissent par connaître par cœur leurs silhouettes et même leurs ombres sur le chemin ! Enfin, tous s'arrêtent devant une autre grotte. Les rayons du soleil matinal n'y pénètrent pas et l'obscurité est totale. Kuma grogne, méfiant, tandis que les guerriers attachent leurs montures à des arbres et demandent aux enfants de faire comme eux.

– Venez. Masato, allume les torches.

Kenzo et Sakura entrent dans la caverne.

– Arrêtez-vous et asseyez-vous.

Les enfants s'exécutent, en s'installant à la japonaise, à genoux. La position est inconfortable avec leurs armures. Mais déjà, Hitoshi et Masato se sont placés debout, et les voilà qui s'empoignent comme deux lutteurs de jujitsu ! Ils restent cependant d'une immobilité parfaite... Pourquoi ?

Comme ils sont éclairés dans le dos par les torches de leurs deux compagnons, ils projettent plusieurs ombres sur le sol. Mais... N'y a-t-il vraiment qu'eux dans cette grotte ? L'un des porteurs de torche dit aux enfants :

– Plusieurs combattants sont dissimulés dans les renfoncements de la caverne, éclairés par d'autres torches. Il vous faut reconnaître l'ombre de nos compagnons, sans la confondre avec celle des autres lutteurs !

Où se trouve la bonne ombre ? Heureusement, le dernier message codé a aiguisé l'esprit d'observation des enfants !

As-tu repéré l'ombre qui correspond à nos lutteurs ?

Kenzo et Sakura ont repéré les détails qui caractérisent la bonne ombre, quand Kuma s'approche des combattants. Son ombre rejoint la leur au sol, et cette aide permet à Kenzo d'être sûr de la réponse qu'il donne.

– Hum, grommelle Masato. Cet ourson vous a aidés.

– Nous avions trouvé avant, plaident les enfants.

– C'est facile à dire.

– Un samouraï déteste qu'on mette son honneur en doute, se rebiffe Kenzo.

– Bon, intervient Hitoshi. Nous voulons bien vous croire.

Il claque des mains, et d'autres hommes émergent de toutes les encoignures de la grotte : ce sont les lutteurs jusqu'alors invisibles. Ils ont le même âge et la même prestance que les quatre cavaliers.

– Nos compagnons d'armes, dit Masato.

Les huit silhouettes s'inclinent comme Kenzo et Sakura, puis tout le monde sort de la grotte.

– Détachez votre cheval, dit Hitoshi aux enfants, une fois à l'extérieur. Bouchonnez-le, car il est sale.

Kenzo et Sakura obéissent, honteux d'avoir laissé leur monture se couvrir de poussière. Ils nettoient son pelage le mieux possible avec des branches douces et des poignées d'herbe. Au moment de remettre la selle, Sakura se rend compte qu'un message est inscrit sur un papier glissé sous la couverture de selle ! Elle n'a que le temps de le lire, sans pouvoir le montrer à son frère.

IL FAUT AVOIR LA SOUPLESSE DU SAULE. LA RÉSISTANCE DE L'OSIER ET L'HUMILITÉ DU LOTUS.

Cette phrase est belle comme un poème. Elle a dû leur être laissée par le mystérieux « pirate » qui leur a faussé compagnie, tout comme la dernière inscription. Sakura l'apprend par cœur, à toutes fins utiles.

Quelle chance que Hitoshi leur ait ordonné d'étriller leur cheval !

La marche reprend, mais les enfants sont à présent encadrés par une troupe de douze soldats : quatre cavaliers et huit hommes à pied. Ils cheminent jusqu'aux alentours de midi ; Kenzo et Sakura n'osent pas avouer leur fatigue.

Ils parviennent enfin à un village, dépassent des huttes, puis des maisons de bois. Enfin, les cavaliers font halte devant une riche demeure de pierre. Sur une terrasse couverte, une jeune femme en kimono de fête procède à la cérémonie du thé. Mais pourquoi est-elle immobile ? En s'approchant, les enfants découvrent un peintre en train de réaliser le portrait de cette jeune femme. Son estampe est extrêmement ressemblante. Les cavaliers s'arrêtent devant ce beau spectacle.

– Quel talent, maître ! dit l'un d'eux.

– Merci, dit le peintre en s'inclinant.

– Cependant, vous prenez des libertés avec votre modèle...

– L'art ne consiste pas à reproduire trop fidèlement, jeune homme.

Le cavalier se tourne vers Kenzo et Sakura.

– Ce sera votre deuxième épreuve. Je dénombre sept différences entre la jeune fille et son portrait. Quelles sont-elles ?

Retrouve les sept différences.

Kenzo et Sakura font un sans-faute.

– C'est bien, commente Masato. Cette épreuve-ci était presque trop facile pour des enfants observateurs.

La jeune femme n'a pas levé les yeux. Kenzo et Sakura auraient rêvé qu'elle leur offre quelque chose à manger, car ils ont grand-faim ; mais a priori, il ne faut pas y compter.

– Où est votre ourson ? demande Hitoshi alors que la troupe vient de se remettre en marche dans la rue du village.

Kuma a disparu, en effet.

– Il est sans doute affamé, dit Sakura à voix basse. Il a dû s'éloigner pour trouver un repas.

– Faisons-lui confiance, il va revenir, acquiesce Kenzo.

À peine a-t-il parlé qu'une femme se met à crier à l'intérieur d'une maison construite au milieu d'un beau jardin.

– Démon ! Au secours ! Un ours ! Il a tout cassé ! se lamente-t-elle.

CHAPITRE 8

Deux casques inatteignables

Kenzo et Sakura bondissent vers la maison. La femme est en colère.

– Mes compositions d'ikebana ! J'y travaillais depuis l'aube !

Le mot « ikebana » suffit à faire deviner la catastrophe, car cet art consiste à composer des bouquets délicats.

– Tout était prêt pour orner la demeure du daimyo, notre seigneur local, gémit la femme.

– Réglez ce problème, lance Masato aux enfants.

Les enfants entrent dans la pièce. Quel désordre ! Ils constatent le fouillis sur le sol.

Des bouquets jonchent les tatamis.

– Pardon, madame, murmure Sakura, honteuse.

Peut-être pouvons-nous reconstituer ces ikebanas ? Vous aviez dessiné les bouquets avant de les composer, n'est-ce pas ? Nous allons retrouver le croquis correspondant à chaque ikebana. C'est à nous de refaire ces compositions.

La femme secoue la tête.

– Impossible ! Certaines tiges sont tordues ou cassées.

– Nous irons cueillir dans le jardin de quoi les remplacer.

Masato et Hitoshi gardent les bras croisés, l'air légèrement moqueur. Ils ont hâte de voir comment les enfants vont réparer l'impair de leur ami poilu.

Aide nos héros
à assembler croquis et bouquets !

Les enfants finissent par attribuer un croquis à chaque composition.

– Il n'y a plus qu'à sortir cueillir les bonnes fleurs, dit Sakura.

Kenzo et Sakura retrouvent Kuma dans le jardin. Celui-ci ouvre des yeux innocents en s'entendant reprocher d'avoir piétiné des bouquets. Après tout, il passe son temps à marcher sur des plantes sans se faire gronder !

Les enfants rentrent et remplacent les fleurs abîmées.

Kenzo et Sakura réussissent à tout reconstituer, au grand soulagement de la femme. À peine ont-ils fini que Masato leur dit d'un ton impatient :

– En selle. Nous avons perdu du temps.

Quelques instants plus tard, les enfants découvrent un château flanqué d'un temple. Un torii, immense portail peint en rouge, marque l'entrée de l'enceinte religieuse devant laquelle, un arbre déploie ses branches au-dessus de la route.

Soudain, quatre hommes embusqués bondissent pour leur barrer le chemin ! L'escorte de Kenzo et de Sakura s'esquive dans les sous-bois. Les enfants n'ont même pas le temps de s'étonner de cette fuite car les bandits ont attrapé les rênes de leur cheval. Kuma se jette sur l'un des assaillants… qui l'enferme dans un filet !

Les brigands maîtrisent également Kenzo et Sakura avec adresse.

– Vous voici captifs, jeunes gens, déclare leur chef. Mais vous pouvez retrouver votre liberté. D'abord, vous allez déchiffrer ce message incompréhensible. Nous l'avons trouvé hier soir dans la poche d'un voyageur que nous avons dépouillé de ses biens.

Le cœur des enfants bat très fort. Le papier est gondolé d'humidité : s'agirait-il du mystérieux faux pirate ?

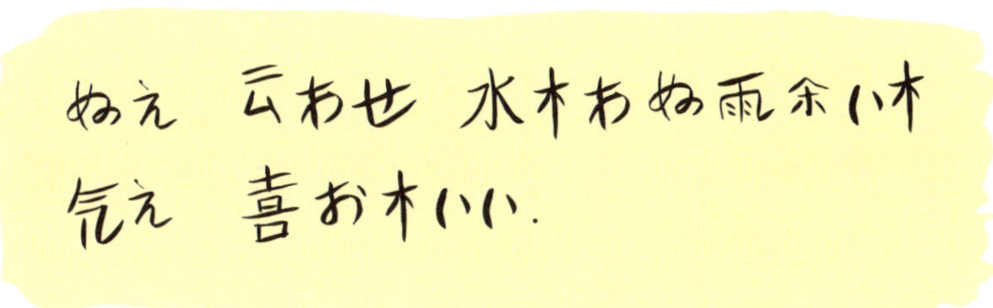

Kenzo donne la réponse. Le brigand hausse un sourcil en se tournant vers le portail du temple.

– Comment cela ? grogne-t-il.

Sakura explique :

– C'est évident. Personne n'a le droit de passer sous un torii, il faut le contourner. C'est interdit, même à un animal, ajoute-t-elle en voyant Kuma qui a réussi à s'échapper en déchirant le filet.

– Retenez votre ours ou je l'embroche d'un coup de sabre, menace l'un des bandits sur qui Kuma fait mine de se jeter.

Sakura ordonne à Kuma de se tenir tranquille et le serre contre elle.

– Merci pour cette explication, dit le brigand d'une voix lugubre. Seconde condition pour vous libérer : donnez-nous la devise du samouraï.

Kenzo et Sakura l'ignorent.

Mais un souvenir revient à Sakura. Elle revoit le message écrit sous la selle du cheval.

– « Il faut avoir la souplesse du saule, la résistance de l'osier et l'humilité du lotus », énonce-t-elle.

– C'est bien, répond le brigand satisfait.

– Vous êtes libres. Mais... en vous observant, je m'étonne : vous êtes armés et à cheval, mais vous allez tête nue. Ne vous manque-t-il pas un kabuto ?

Les enfants ne savent que répondre.

– Allez donc voir sous le torii.

– Pourq...

Kenzo s'interrompt car les bandits viennent de se volatiliser dans les fourrés !

– Suivons ce conseil, propose Sakura. Nous comprendrons peut-être...

Parvenus devant le portail, les enfants ouvrent des yeux incrédules. Deux kabuto sont posés sur des coussins, sous le torii. L'ourson s'approche du portail.

– Non, c'est défendu, s'exclame Sakura en le retenant.

– Nous ne pouvons pas nous glisser sous le torii, murmure Kenzo. Mais le vent peut, lui !

– Et alors ? Tu prétends attraper deux casques au moyen d'un courant d'air ?

– Regarde ces perches porteuses de carpes ! rétorque Kenzo avec un air mystérieux.

Toi aussi,
observe le sommet de ces perches.
Repères-tu quelque chose ?

Kenzo se saisit d'une des perches ornées de carpes en tissu, et s'en sert comme d'une canne à pêche pour crocheter un kabuto. Sakura l'imite aussitôt. Victoire ! Ils parviennent à soulever les casques sans avoir posé le pied ou la main sous le portail du temple. Les voici équipés de pied en cap !

Mais pourquoi Kuma grogne-t-il encore ? Pivotant sur leurs talons, les enfants découvrent une troupe composée des douze hommes de leur escorte... mais aussi des quatre bandits !

Hitoshi s'avance, sourire aux lèvres.

– Vous avez réussi vos épreuves. Vous méritez d'être admis parmi nous.

Masato leur parle à son tour :

– Nous sommes les deux fils du seigneur Matsukaro. C'est sur ses terres que vous vous trouviez sans le savoir. Parmi nos compagnons, vous reconnaîtrez Katsuko, qui a joué le pirate à merveille...

– Notre père vous attend au château, derrière ce torii. Il a beaucoup apprécié la noblesse de votre attitude ! Et maintenant, voici un courrier qui vous est destiné, ajoute Hitoshi en tendant aux enfants un cylindre de papier.

Sakura le reçoit en s'inclinant. Elle le déroule :

NOUS SOMMES FIERS DE VOUS !
RESTEZ FORTS ET COURAGEUX.
NOUS NOUS RETROUVERONS VITE.
OTÔ-SAN ET OKÂ-SAN.

– Que signifie ce message ? demande Kenzo.

– Vous allez passer une année ici. C'est le temps nécessaire pour parfaire votre éducation de samouraïs.

Le cœur des enfants se serre un peu, mais cette nostalgie est de courte durée car Masato leur pose la main sur l'épaule en souriant.

– Entrons. Notre père nous attend. Vous allez déjeuner en sa compagnie.

– Dans une salle ornée de magnifiques ikebanas, ajoute Hitoshi. Si votre ours veut bien ne pas les renverser une seconde fois...

Cette boutade fait rire Sakura et Kenzo, mais ils n'osent pas demander si leur ami sera autorisé à vivre au château. En arrivant devant l'écurie, Hitoshi sourit.

– Votre ours pourra dormir ici...

« C'est mieux que rien », se disent Kenzo et Sakura.

– ... ou dans l'une de vos chambres.

Le frère et la sœur se regardent, ravis.

– Je le prends, dit Kenzo.

– Non, c'est moi, déclare Sakura sur un ton péremptoire.

Il va falloir éviter une dispute en public ! Et si c'était la pire épreuve de toutes ?

– Un jour sur deux, propose Kenzo.

– D'accord, concède Sakura.

– Vous êtes intelligents jusqu'au bout, les complimente Hitoshi.

Sur ces mots, il pousse la porte du château.

L'AS-TU VU ?

Kuma, l'intrépide ourson, aura bien mérité un petit gâteau à la pâte de haricots rouges ! À la recherche des dangos, il s'est glissé dans de nombreuses illustrations. L'as-tu remarqué ?

Combien de fois apparaît-il dans les illustrations de l'histoire ?

Réponse : il apparaît 11 fois.

MESSAGES À LIRE AVEC UN MIROIR

p. 10 : Rendez-vous au bassin.

p. 23 : La plus petite jonque est capable du plus grand voyage.

p. 29 : Un poisson vous nourrirait un jour. Une canne à pêche vous nourrira toujours.

p. 36 : Un samouraï capable d'épargner une vie mérite de porter une arme.

p. 50 : Seule la paire offre un laissez-passer.

p. 61 : La vie d'un guerrier

Tient parfois à son silence.

Évitons le bruit.

p. 72 : Il faut avoir la souplesse du saule, la résistance de l'osier et l'humilité du lotus.

p. 86 : Nous sommes fiers de vous ! Restez forts et courageux. Nous nous retrouverons vite. Otô-san et Okâ-san.

MESSAGES CODÉS

p. 12 : Un drôle d'oiseau garde le secret.

p. 20 : Ne rentrez pas. Partez.

p. 30 : Voyagez le plus vite possible.

p. 42 : Ne me suivez pas.

p. 47 : RDV à la grotte rougeoyante.

p. 56 : Sois plus malin qu'une armure sans tête.

p. 67 : Observez Hitoshi et Masato.

p. 81 : Ne pas franchir le torii.

JEUX ILLUSTRÉS

p. 12-13

p. 18-19

p. 21-22

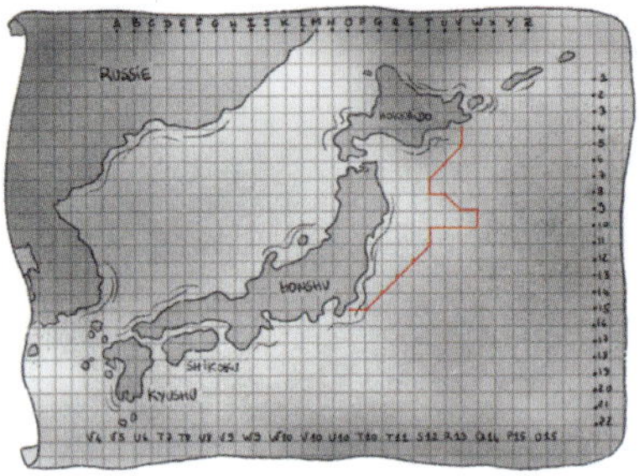

p. 26-27

p. 32

p. 38

p. 39-40

p. 44-45

p. 52-53

p. 58

p. 62-63

p. 69-70

p. 74

p. 78-79

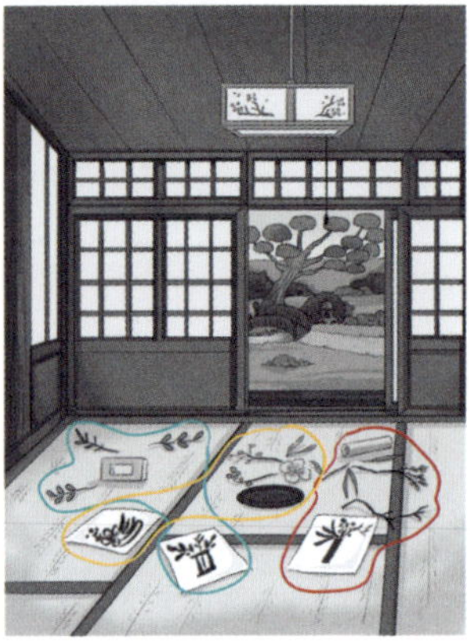

p. 84

FSC
www.fsc.org
MIXTE
Papier | Pour une gestion forestière responsable
FSC® C018236

Dépôt légal : avril 2024
Achevé d'imprimer en février 2024 par Dimograf en Pologne.
N° d'édition :

Cet ouvrage est imprimé grâce à des encres à base d'huile végétale, garantissant la démarche de développement durable de l'éditeur et de l'imprimeur.

Dans la collection

MÈNE TON ENQUÊTE

À l'Opéra de Paris

Au château de Versailles

Espions et Compagnie

Au cinéma hanté

Menace sur le Louvre

Chez les dieux grecs

Mystère au ballet

Dans les coulisses de la mode